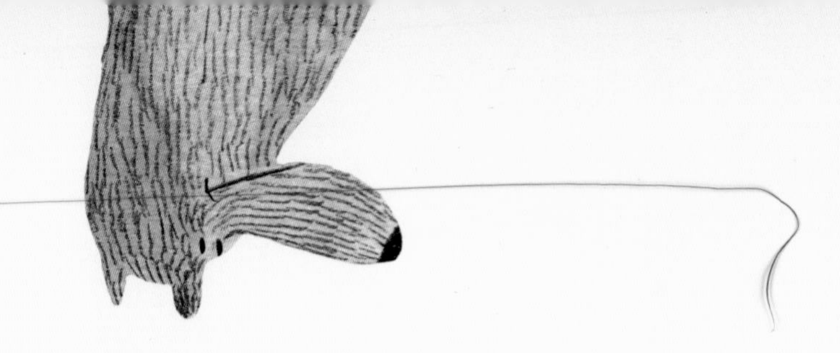

L'OURS BRUN –QUI VOULAIT ÊTRE– BLANC

Texte **Jean Leroy** • Illustrations **Bérengère Delaporte**

Les 400 coups

Un ours brun qui
s'ennuyait dans sa forêt
décida de partir
à l'aventure.

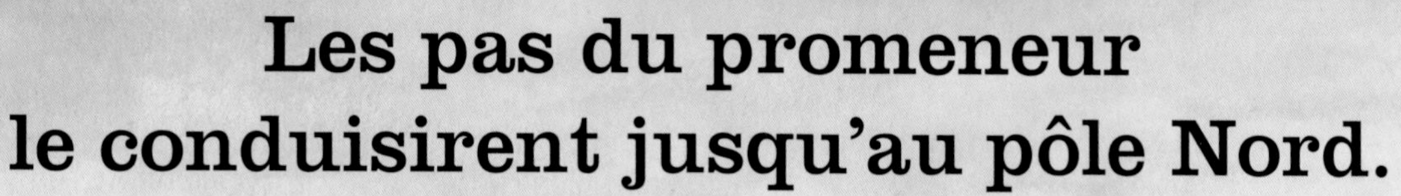

Les pas du promeneur
le conduisirent jusqu'au pôle Nord.

Sentant son ventre gargouiller,
le voyageur regarda autour de lui...

Mais n'aperçut à l'horizon
aucun nid d'abeille dans lequel
puiser un peu de bon miel !

Heureusement, le touriste tomba sur un excellent pêcheur, qui lui proposa gentiment de partager son repas.

Après un sixième poisson, l'ours brun décida de faire une petite sieste...

À son réveil, le plantigrade découvrit
que la nuit était tombée.

Par chance, il rencontra
un brave pingouin qui…

... l'invita à dormir chez lui !

Le lendemain matin, l’ours brun
croisa sur son chemin…

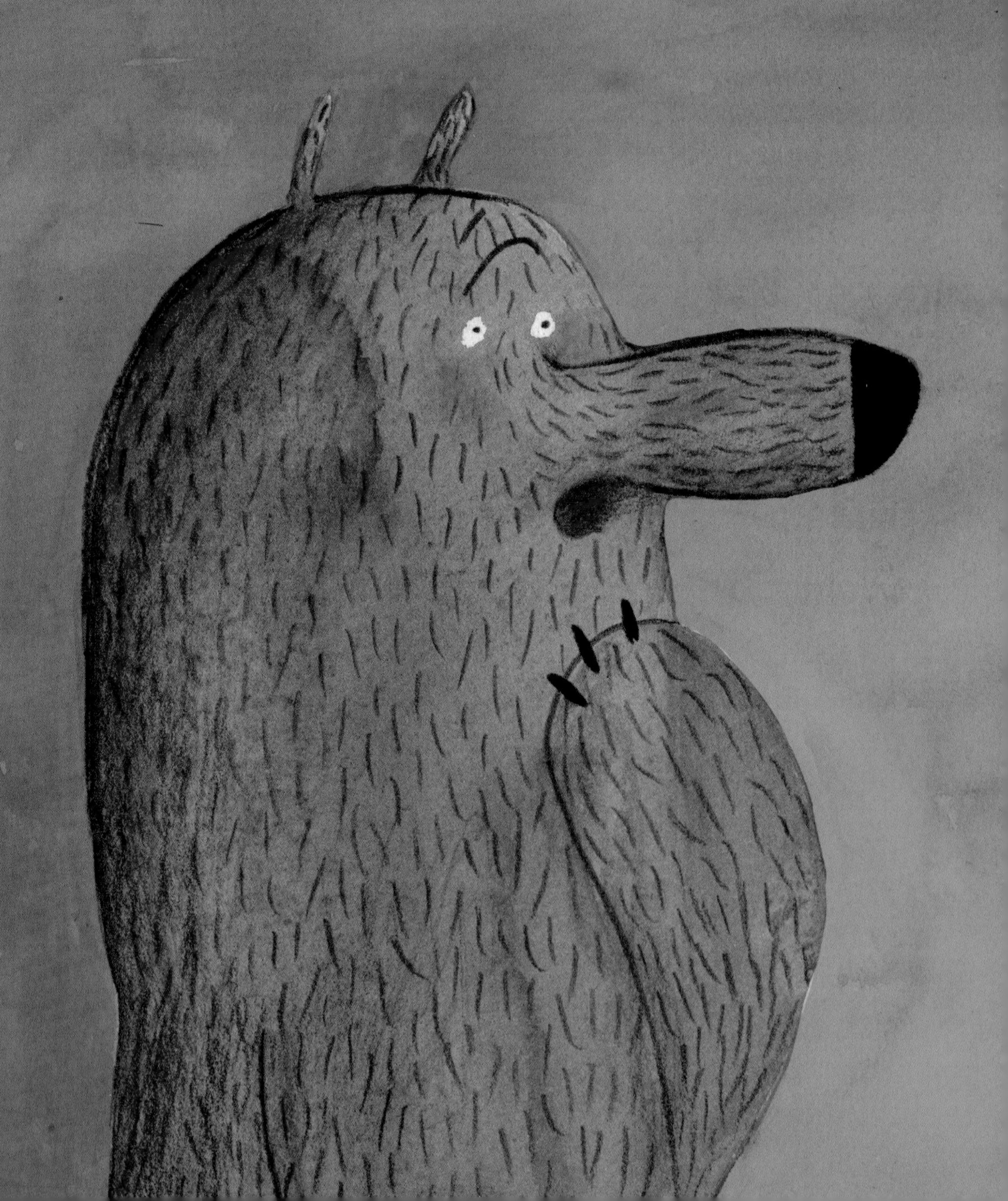

… une ourse toute blanche !

– Une fourrure brune ! dit une deuxième ourse blanche. Ça, c’est original !

– Et très pratique, aussi !
ajouta une troisième ourse,
car le brun, ça amincit !

L'ours brun, très intimidé,
courut se mettre à l'abri
des regards indiscrets.

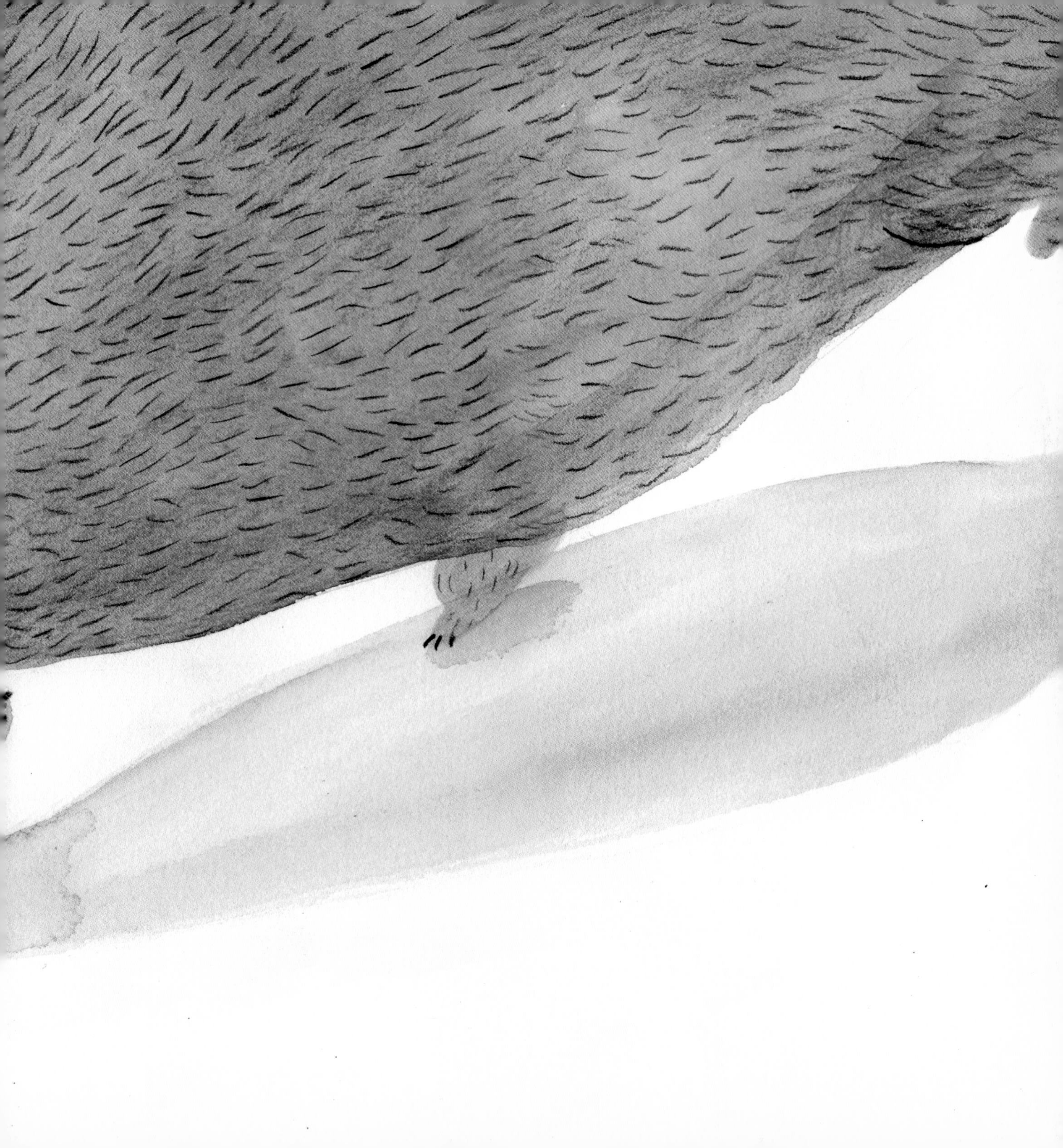

Le pingouin, étonné, lui demanda :

– Tu rentres déjà chez toi ?
Tu ne te plais pas parmi nous ?

– Oh, si ! répondit l'ours, tout essoufflé.
J'aime beaucoup votre pays !

– Pourquoi te sauves-tu, alors ?

– C’est que, chez vous… tous les ours sont blancs. Et moi, je suis brun !

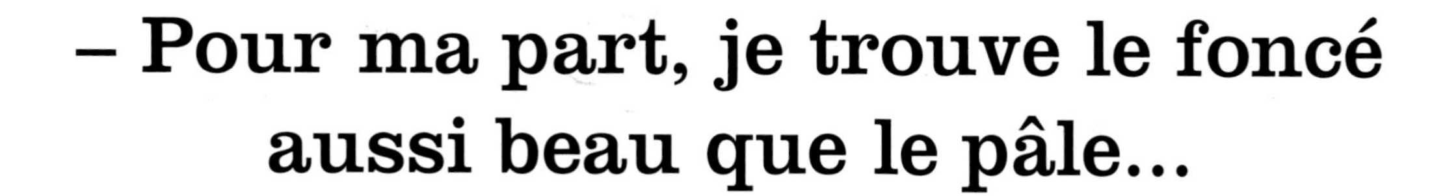

– Pour ma part, je trouve le foncé
aussi beau que le pâle…

– Et le gris ? Ni vraiment sombre ni vraiment clair, c’est très joli, aussi !

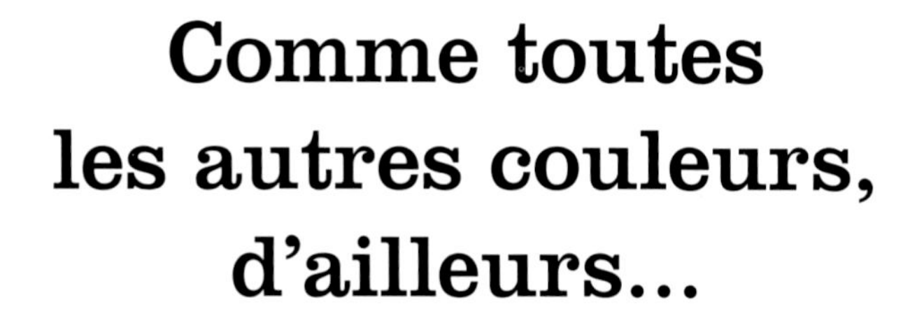
Comme toutes
les autres couleurs,
d'ailleurs...

Rassuré sur le peu d'importance
de sa différence,

l'ours brun décida de retourner
voir l'ourse blanche…

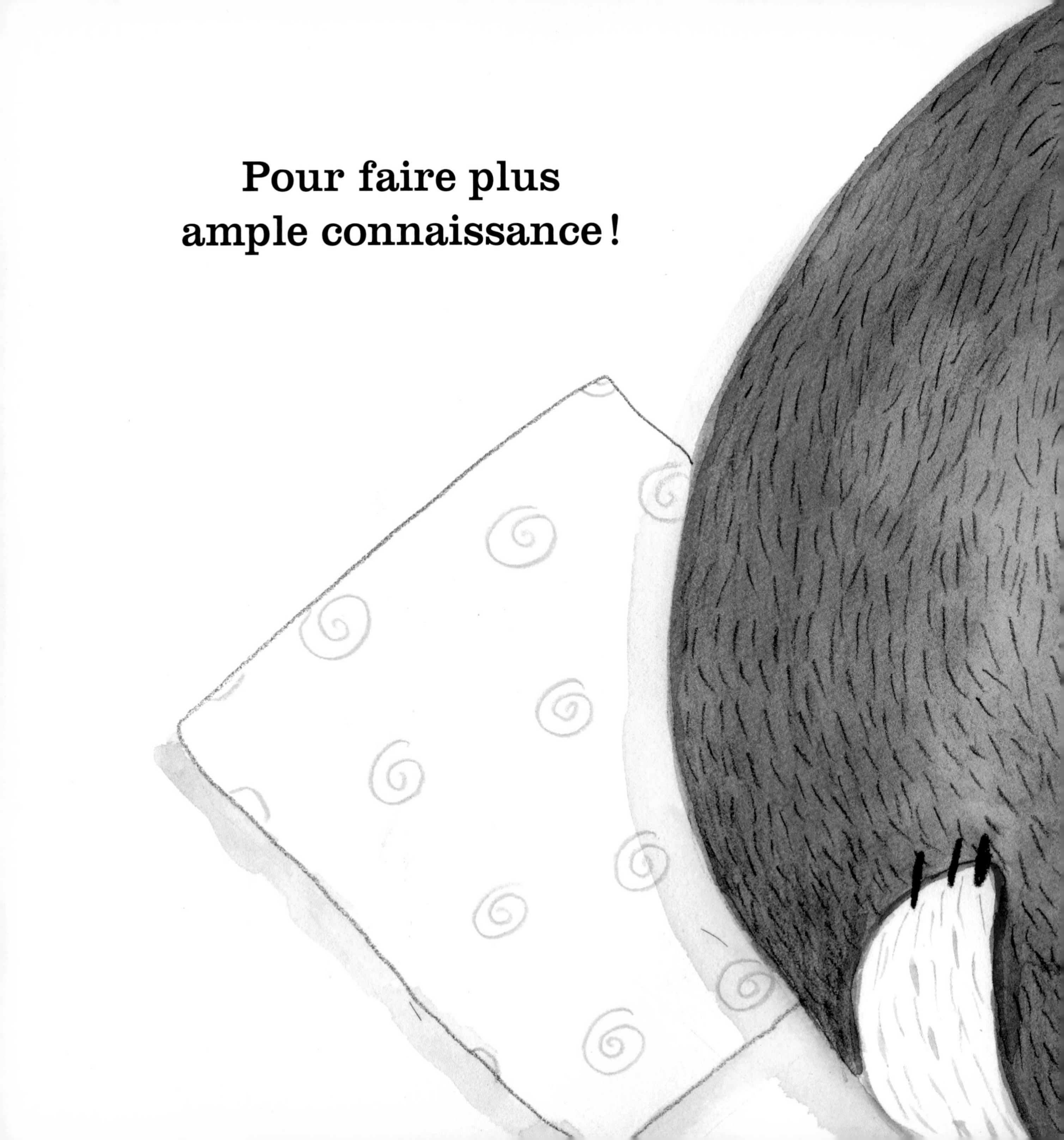

Pour faire plus
ample connaissance !

Nous remercions le Conseil des Arts du Canada de l'aide accordée à notre programme de publication et la SODEC pour son appui financier en vertu du Programme d'aide aux entreprises du livre et de l'édition spécialisée.

Nous reconnaissons l'aide financière du gouvernement du Canada par l'entremise du Fonds du livre du Canada (FLC) pour nos activités d'édition.

Gouvernement du Québec – Programme de crédit d'impôt pour l'édition de livres – Gestion SODEC

L'OURS BRUN QUI VOULAIT ÊTRE BLANC
a été publié sous la direction de Renaud Plante.

Design graphique : Bruno Ricca
Révision : Fleur Neesham
Correction : Philippe Paré-Moreau

Dépôt légal – 4e trimestre 2012
Bibliothèque et Archives nationales du Québec
Bibliothèque et Archives Canada

ISBN 978-2-89540-604-4

Loi 49-956 du 16 juillet 1949 sur les publications destinées à la jeunesse.

Dès 3 ans.

Imprimé en Chine

Catalogage avant publication de Bibliothèque et Archives nationales du Québec et Bibliothèque et Archives Canada

Leroy, Jean, 1975-
L'ours brun qui voulait être blanc
Pour enfants.
ISBN 978-2-89540-604-4
I. Delaporte, Bérengère, 1979- . II. Titre.

PZ26.3.L47Ou 2012 j843'.92 C2012-941510-3